JN222008

君は、
ちっとも
悪くないよ

松沢 ともみ 文・絵

Tomomi Matsuzawa

Parade Books

ある田舎の小学校の校庭を散歩していた私は、二宮金次郎の石像の辺りを、飛んでいるトンボを見かけました。近づくと、その像にとまっている天道虫が、トンボに話しかけているのです。

「ねえ、トンボ君、わかる？」

この像が手にしている本に、一体、何が書いてあるのか、天道虫くんは興味津々なわけ。

するとトンボ君は、得意そうな顔で、

「あのね『道徳なき経済は犯罪であり、経済なき道徳は寝言（戯言）である』と、書いてあるんだよ」

「オホーッ」と私は、思わず声をあげていました。

「実はね僕のご先祖さんが、色々な教えを末代迄も伝えよと、僕のこのまあるい、おめめにインプットしているんだって。つまり、遺伝子に組み込まれてるって事。

ずーっと昔にね、ご先祖さんが早朝に、きれいな睡蓮の花が咲いている池を、飛び回って楽しんでいた時、中でも一際目をひく、澄んだ青色、鮮やかな綺麗な睡蓮の花に、とまったんだって。

ところが何と、それは文殊菩薩さまの左手にのせている、
青睡蓮の花だったという事。
そして文殊菩薩さまは、身動き一つしないご先祖さんに、
徳の話をしてくれたんだって。
徳の字は、『十の戒を頭に置き、四方八方に菩提心、仏の心を持って行う事』
だって。損をする得をするの、得ではなくて、それは、積む徳なのだって。
よく解らないけど」
そこで、私はバッグから、いつも持ち歩いている小型の算盤を取り出しました。
そして、んじゃあ、人である私が、これで説明してみようかな。
一つずつ徳を積むは、
1個ずつ徳を足していく、
事だからね。まず算盤を払って、
0にするよ。

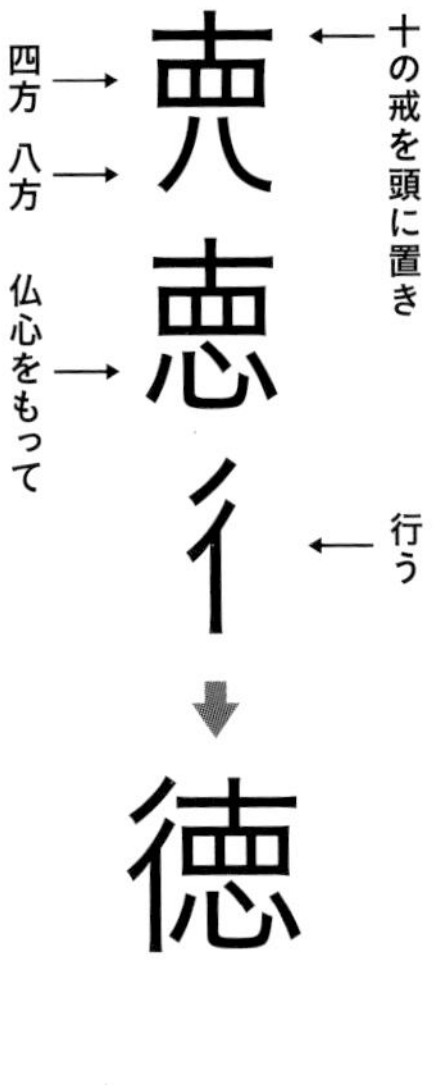

十の戒を頭に置き
四方 八方
仏心をもって
行う
徳

えーっご破算に願いましては「ンジャー」
一の位の珠を親指で、1個ずつ上げて足していく。4個まで足したら、
1個足して5にする。それは上段の5の珠を下げ、人差し指でね。
その指で4個全て下げる。すると、一の位は、5の珠だけ残っている。
つまり、5個の徳を積んだ事になるね。
続けて6個、7個と1個ずつ親指で上げて、9個になるね。
後1個足して10個にするには、その9個の珠を、つまり徳を、積んで来た徳を、
「ここが大事、潔く、いさぎよく下、上と弾き飛ばす」0にパチ。パチ。
そして、十の位の珠を1個上げて10となる。
この一の位は0だよね。0は何も無いようにある。
しかし「潔く弾き飛ばしたから」◯の穴に。
◯の穴の中は、何も無いようにあるけど、徳を積んできたのだから、
徳がある訳ですよ。積んできた徳は、功徳となるのです。
従って、穴の中は、功徳。穴の中は功徳の功。穴の中は功。
つまり、功の工が穴の中に存在するという事。穴と工が合体して、空。

空として表す。徳を積む功徳は、空だと。

『功徳は空』なのですよ。

そして、その徳とは『十戒を頭に置き、四方八方に仏心を持って行う事』

例えば、人にほめられ様として、よい事をするのは徳ではないのです。

又、十の戒を無視して、仏心を持たずに、

手柄を立てようとするのも徳ではないのです。

では、功徳とは、例えば寺院などに参拝した時、ご住職の方達によって、

いつも綺麗に掃き清めて頂き、ありがとうございます。

の感謝の意をもって賽銭箱に、お金を納めさせてもらうのは、

たとえ、少額であっても功徳となり得るのです。

すると、天道虫くん、

「お天とうさまも、見てござる」

「算盤だけに、ご名算」と、トンボ君も。

彼らの、この答え、なかなか大したもんです。

徳の話でね、ずーっと昔、中国の梁の時代に、武帝という皇帝がおりました。
ある日、徳の高い僧侶である、ダルマ大師に尋ねたのです。
「エーッ、私は今まで多くの寺を建立し。お経も写し。仏教を広めた。
僧侶の皆さんの為に、生活援助もして来た。それではこのように仏教を、
保護してきた私の働きは、一体、どれだけの功徳を得る事になるのだろうか」
するとダルマ大師は、
『無功徳』と言い切りました。
功徳ではないと言う事なのです。
本当にびっくりです。又、それに付け加えるように、
「それは、名誉欲といった煩悩でもって、なされた善だからです」と、
はっきり言ったのでした。それを聞いた皇帝は、ムッとして、
「じゃあ、どうすれば、功徳となり得るのだ。功徳となあ」と。
少し間を置くとダルマ大師は「すべて忘れる事です」と言ったのでした。
皇帝は、不機嫌になり、怒って、去って行ってしまった。という話です。

この事は、さっき算盤で説明した事と同じ『功徳は空』の事なのです。
先に「ここが大事。潔く珠を弾き飛ばす」と言ったのは、
この事なのです。恩着せがましく、ああしてやった。こうもしてやったと、
いつまでも覚えておくのではなく。弾き飛ばす様に、忘れる事。
又、善を施す際に、善業を人に認めてもらおう等と、
思ってするものではない。という事なのね。と、言い終わると彼ら今度は、
「ごめいさん。ご名算。ごめいさーん」とハモって。
君達って、ほんと、知恵者だね。
と言うとトンボ君、ハッとして、
「アッ、そうそう、その智恵で思い出した。智恵を司る。
どる。ドル。アイドル。ドルの文殊菩薩さま。文殊菩薩さまがね」と言ったので、
ちょっと、なれなれしい？　んじゃ？　と思ったものの、
何のなんの。トンボ君あんた、やっぱり智恵者だよ。
アイドルは和語で、偶像。崇拝される人、物。の意味なんだよね。ウフ。

「あのね、文殊菩薩さまは智恵の神さまで、
ご先祖さんに徳の話をしてくれた後、
『お前が今まで、見たり聞いたりした事を、すべて話してごらん』と言って、
ご先祖さんの、まあるいおめめをじいーっとのぞき込んで、
ほほえんでいたんだって。そこでご先祖さんは、絶対に忘れる事なんかできない、
お不動さまの話をしたんだ。

　ある日、朝もやのかかった、
辺りが薄明るい程のぼんやりした中、
睡蓮の花も開き始めようとしている池の中、
お不動さまの姿を見かけた？　かと思った瞬間、
池の中に消えてしまったんだって。

その数秒後に再び、
池の中から現われたお不動さまは、両手でしっかりと、球の様なものを、
宝ものの様に、大事そうに掲げて、
『マーカー』と、大きな声で、天を仰ぐ様に言ったそうだ。

その『マーカー』の声は、幾重にも重なる様に、
天に響き渡っていったんだ。『マーカーマーカーマーカー』ってね。

そして、その球の様なものを、よく見たら、虹色にキラキラ輝いていて、
ガラス球の様に透きとおっていて、
中に、可愛らしい赤児のような魂？　かな？
と思われる様なものを、見たんだ。って、そう、確かに。

俄に強風が？　と、
思う間もなく、強い雨も降り出してきて、
どうなるのか、と、思っていたら、

天から、ものすごい勢いで、
大きな大きな天龍が降りて来たんだって。
そして不思議な事に、水音一つしないシーンと静まり返った、
まるで時が止まったかと思われる様な中、
お不動さまから、その子宝の球をしっかりと受け取ると、
天龍は大事そうに抱え込み、また、ものすごい勢いで天高く、
高く昇って行ったという事なんです。

その時、見送るお不動さまの頭の上に、
小さな髷のような?ものが青く、煌めいていたんだそうだ。

実は、それは小さな、小さな、
青睡蓮の花だったんだって。

そんな『不憫じゃ。ふびんじゃ』と言いながら、子供を助ける、慈悲深い、お不動さまの話をしたんだ。

するとね、文殊菩薩さまは、目に光るものを見せながら、僕のご先祖さんに漢字で名前をくれたんだって。

「蜻蛉」と書いてね。『トンボとも、せいれいとも呼べる』そう言うと、

文殊菩薩さまの左手の青睡蓮の花の上に、ウスバ？ カゲロウ？の様な、経典を載せて、右手の智恵の利剣を天高く、突き上げたかと思うと、次の瞬間には、もう何処にもいなかったって」

「わあー、ものすごい話だね」と天道虫くん。

ところが、私の頭の中は一つの言葉に、占領されていました。

それは『不憫じゃ。ふびんじゃ』の言葉です。以前にその言葉を聞いた事が、あるのです。ある時亡くなった伯父が私の夢枕に、幼子を連れて来ているのです。その小さな子は、しきりに小ちゃな頭を何度も、何度も下げているのです。

伯父も何も言わないが、その子を祀らせて貰おうと思った。そうそう、その時です。『不憫じゃ。ふびんじゃ』と、言う声を聞いたのでした。

と、言う事は、お不動さまからのお慈悲だったんだと。
今、はっきり解ったのでした。その途端、思いついた事があり、
天道虫くんとトンボ君にバイバイして、急いで家に帰りました。
帰り着くとすぐに団子を作って、ご先祖さま仏さまに、お茶とお団子を供えて、
『般若心経』を唱えて供養させて貰いました。時間も経ったので、
お供えものを、下げさせて頂こうと手を伸ばした時です。
小ちゃな、小ちゃな声で「おいちい」と言ったのです。
私は「おいちいの？　おいちいの？」と言ったら、とても嬉しそうに、
ニコッて笑ったんです。そして、その小ちゃな、小ちゃな頭を、なでたんです。
私は、思わずその子を抱きしめていました。

「君は、ちっとも、ちっとも、悪くないよ」って、つぶやいていただのです。

その小ちゃな、小ちゃな頭は　こぶ　だらけだったのです。

翌朝、家のその子も一緒に連れて来てみると、律儀にも彼らはもう来ていました。
そして囃し立てるように私の周りをブンブン。スィスィー飛び回るのです。
あのね、昨日、徳の話をトンボ君が話してくれたよね。すると天道虫くんは、
「十の戒を頭に置いて、四方八方に仏心を持って行う事だよね」と言ったのです。
そうそう、しかし天道虫くん、すごいね。しっかり覚えてるのね。感心。感心。
それでね、この十の戒の事が『十善戒』として、お経の本に書いてあったので、
メモして持って来たんですよ。十の戒の事は、
『十善戒』としてあるんです。実はね二宮金次郎の前に江戸時代の後期だけど、
　慈雲尊者という名の徳僧がおりました。
慈雲尊者は、13才の時に得度し、儒学も学び何よりも仏教の真、
釈迦在世の時に還元する事を目標にして、梵語の研究から始めて仏教の原典に、
遡って研究し、解釈を加えたりした、すばらしい徳僧がおられたんですよ。
この方が、この『十善戒』を、世に広く宣揚されたと言う事ですよ。
　この『十善戒』を守る事で人間が本来もつ菩提心を、仏の心を働かせ、
人倫日用の道を説いたとされているのです。

『十善戒』とは、

不殺生　生きものをむやみに傷つけない。殺さない。
不偸盗　他人のものを盗まない。とらない。
不邪婬　不貞行為をしない。お互い尊重し、不倫などしない。
不妄語　うそをつかない。うそを言わない。
不綺語　おべんちゃらを言わない。へつらわない。お世辞を言わない。
不悪口　人の悪口を言わない。人を傷つける陰口を言わない。
不両舌　あっちに行って都合のよい事を言い、又こっちでも都合のよい事を、言うような二枚舌を使わない。
不貪欲　あれも、これも、むさぼるように、欲しがらない。欲ばらない。
不瞋恚　いかり憎まない。ねたまない。
不邪見　亡くなった人、仏様を無視せず、粗末にあつかわず、大事に埋葬する。処分する事ではない。人は皆、仏道をはずれてはいけない。

この事は、お釈迦様の『因果の道理』という教えからです。

つまり徳の話だよね。十の戒を頭に置いてのね。戒とは、いましめの意味。
功徳とは、良い行いの意味で、福徳とか、幸福も、功徳なんだよ。
でも、この幸の字はすごいね。頭に十の戒を置き、そして、
十の戒の上に、すくーっと立つんだからね。本当に、
ただものじゃないよ。トンボ君も、天道虫くんも、
連れて来た子も、皆、ウンウンと、うなずいています。
「わあー、何か大学に行って学んだみたい」と天道虫くん。
大学か。なる程ね、しかし幼児期の頃から学んでいたら、
反省の目安にして間違いの少ない生き方が、できるかも?

私が5才位の時、家の前で50円玉を拾うとすぐ、近くの交番に届けたの。

一ケ月後位に巡査さんから落とし主がないので保留の部に。そしてお嬢ちゃんに、
渡して欲しいと、箱入りクレパスを頂いたのでした。とても嬉しかった思い出、
です。そんな自分は大人になるにつれ、損得を一番に考えたり、間違いだらけの、
人生だったようにあると反省したりで、自己嫌悪に陥る毎日なんですよ。
「ふーん。人間て複雑なんですね」と天道虫くん。

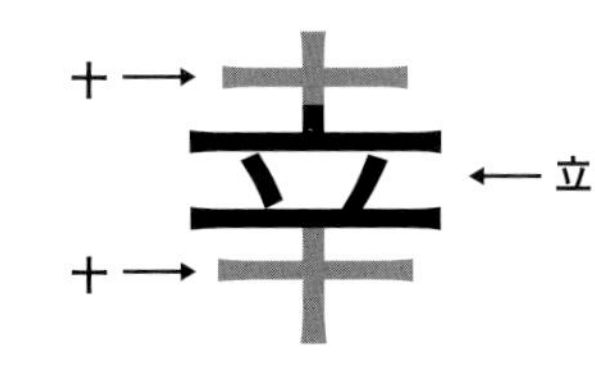

そうなのよ。複雑といえば『十善戒』の最初の『不殺生』は、ちょっと無理？
かな?と考えるよね。だって私達は生きていくのに、申し訳ないけど、
命あるものを食べているからね。
この十善戒をやってのけられるのは、きっと神さましか、できない話だよね。
食べ物も、食べない神さまは、人間ではないから。又、反対の事も言えるよね。
　人間は神ではない。
神さまは、生命を司る存在だから、ありがたい事に、
人間を生かして下さってる訳なんですよ。
そうしたら、私達、人間は皆、生かされてると言う事になるのですね。
だったら生かされている私達皆は、
生かされてる事に感謝して、せめて、
『十善戒』だけは、守りたいよね。とね。そういう生き方が出来たら良いのです。
あのね、昔の中国の思想家、老子の言葉で『吾唯足知』というのがあるのです。
「アッ、それ知ってるよ。茶室の所にある、僕がよく行くつくばいに文字が、
彫ってあったんだ。まん中の四角形の穴に水が入れてあってね」と、トンボ君。

こんな風に？と聞くと、トンボ君、覚えていて、
「アッ、そうそう、そこにいた人がこれは、
『吾唯足りるを知る』って読むのだって。
そこに、おばあちゃんの人が来て、
『いいわよねー。この精神は、和につながるのよね』
なんて言ってたよ」
そうね。そういえば、儒教の教えでね、
『腹八分目』という言葉もあるのよね。
この事は、食べる量は『腹八分目』位が、
そう頂度良い。その位に留めておくと良い。と、言っているのですね。
それから中国の思想家、孔子の教えを弟子達がまとめた論語の中に、
『衣・食・足りて礼節を知る』という言葉があるのですね。
この事は、人は物質的に不自由がなくなった時、
初めて礼儀に心を向けて、余裕が出て来る。と、言ってるのです。
この様な事は、まさに、二宮金次郎の、

『道徳なき経済は犯罪であり、経済なき道徳は寝言（戯言）である』これに、
繋がって来るのですね。『和』というのは『平和』
『十善戒』を守ろうとすると『平和』『和』に近くなる。反対に無視すると、
『平和』『和』から遠ざかる。すると、犯罪・戦争の負の状態に近くなる。
私の幼稚園の頃ね、お弁当の時間は皆、おはしを両手で受けて、
「今日も、おとうさん、おかあさん、お百姓さんのおかげです。
一粒も残さず、こぼさずに、いただきます」と言って食べてたのよ。
お百姓さんは自然の恵みに感謝して、出来たお米を皆さんが食べられる様にと、
その事は食する私達も自然の恵みに、感謝する事ができるのですねえ。
感謝すると、もったいない。よく味わって食べよう。かむ。そうすると、
喉に詰まらせないように、上手に食べる事ができ、美味しい幸せをつかむのです。
この事が徳を積む事につながってくるのですよ。食した後は、
「この糧を無駄にする事なく、日々の仕事に励みます。悪い事はしません。
人の悪口も言いません。このご恩に感謝致します」と言って頂く事が、
生かされてる者の、せめてもの不殺生につながって欲しいと信じて止みません。

私は、彼らに素敵な話を用意しました。
中国の昔、唐の時代に、学識も徳も高い、
玄奘三蔵という、すばらしい大法師がいました。この玄奘は若い頃、
長安の大慈恩寺に住み、お経の研究をしていたのですが、
お経の中には誤訳ではないであろうか、と思われるような事がよくありました。
そこで、自分が天竺（インド）へ行って、本当のお経を、
究めてこようと、思い立ちました。
太宗皇帝に申し出たのですが、こんな立派な法師を国外に出すというのは、
国の損失だと思い許可しなかったのです。
しかし、玄奘は求道探求の心を抑える事が出来ず、ひそかに長安の都から、
天竺に向かって発ったのです。発つ時に、日頃から大切にしていた松の一樹に、
「私は天竺に行くが、私に何がおきるかも知れない。
生きて帰って来る事もわからない。
しかしお前は幾千代かけて、千代に、八千代に繁り栄えてくれよ」
の言葉をかけていました。

　玄奘に、お供したいと願い出て来た弟子達を連れて、貞観三年に玄奘一行は、
出発しました。しかし、唐から天竺へといえば、前人未踏の険山、難路です。
途中いろんな事に遭遇し、一人去り、二人去り、一行はだんだん淋しくなり、
とうとう玄奘一人になってしまったのです。本当に過酷な旅だったのです。
ケヒンという国に着きました。人家は一軒もなく、大きな川は流れているけど、
橋も舟もないので、とにかく上流を目指し川上へと、
途中、道は川から離れて山の中へと。

　しばらく行くと一宇の破れ寺がありました。
屋根は傾き草ぼうぼうで、いわゆる廃寺と思われるものです。

　玄奘は立ち止まり様子をうかがうと、何か、奥の方で人の声が、
呻き声の様なものが聞こえてきました。奥へ入って行くと。

　一人の老僧が倒れて「うーん、うーん」と、苦しそうなのです。

　近づいて見ると、ライ病のような病に、おかされているみたいなのです。
手はふくれて動かないようで、耳も、ただれているようです。玄奘は、
「私は支那の玄奘と申す旅の者です。あなた様はご重病らしいし、たいそう、

お苦しみなのに誰も看病する者は、いないのでしょうか」と尋ねた。

すると、「お尋ね下さって有難い。拙僧は、もともと一人ではなかったのです。ご覧の通りの、病で、手のつくし様もなく、ひどくなるばかりで、弟子達は皆、あきらめて去ってしまいました。私だけが残っている次第です。私はいつ死んでもおかしくない状態なんです」と苦しそうに話すのです。

玄奘は、この廃寺の病人の為に、色々と看病し面倒をみたのです。

そうやって手当てしている中に、病も一時、良くなってきたようなので、その老僧に、玄奘は、自分の旅の目的を語り、天竺へ行かねばならない事を話しました。老僧は、

「長い間、親身も及ばぬ、ご介抱にあずかり、お礼の言葉もございません。命を助けていただいた事、誠にありがとうございました。お礼に、自分の秘蔵としている有難い経文一巻を進上しましょう」と言って、懐中から取り出しました。それは、梵字でつづられた天竺の『般若心経』でした。

玄奘は、ありがたく、それを押し戴いて、自分の懐に入れて旅立ちました。

玄奘は天竺に入りました。

ガンジス河のほとりに立ち、辺りを見渡すと、河畔の村はお祭りらしく、大勢の人達が、わめき騒いでいるようなのです。

その中、玄奘は気付かれて、あっという間に捕らえられてしまったのです。

玄奘は、あの老僧を看病しながら、少しずつ覚える事のできた天竺語のかたこと交じりで、「お前達は、何も悪事をしない旅人に、どうしてこんな事をするのか」と、何度も聞いている中に、わかってきたのです。

「今日の祭りは、バラモン教で、毎年一人をいけにえとして、河の神様に供えるのだ。そうしないと、必ず大水が出て村が流されてしまう。

今日のいけにえの男は決まっていて、皆で別れを惜しんでいたところ、丁度、よい事に、お前がやってきた。今日のいけにえは、この旅人にしよう」と、いう事になったらしいのです。玄奘にとって、とんでもない事に、災難です。土人達（土地の人の事）は、玄奘をかつぎ上げて、流れの方へ運び出しました。

玄奘は、自分の命もこれまでかと観念して、目をつぶりました。

その時、思いついたのです。あの山中で老僧から戴いた、『般若心経』一巻の事です。

死を前にして、この一巻を朗唱して、仏教信者の誠を捧げたいという一念です。

「ちょっと待て。待て。いけにえになろう。だが、その前に、この短いお経を、3回言わせてくれ」と、かたことではありますが、必至に何回も、何回も頼んだのです。すると通じたらしく、砂の上に座らせられました。

　玄奘は『般若心経』を懐から取り出し、命の限り大声をあげ、死を忘れ。生を忘れ。我を忘れ。朗々と唱え始めたのでした。

　そして、3回目の「マーカーハンニャーハーラーミッター」と唱えかかった途端、一天俄にかき曇り、今まで晴れて青空だった大空が突然、雲は乱れ飛び、墨を流した程の雲におおわれ、大嵐となったのです。

　ガンジス河の近くの砂が、もうもうと、たって、目もあけていられない程の、凄まじい様子となったのです。大粒の雨も叩くような勢いで降り出しました。

　そういう中で、3回目を唱え終わったのでした。

　すると、土人達は、玄奘を神通力のある者と思っての事か、
皆、下座して頭を砂にすりつけ、玄奘に詫びて自由にしてくれたのでした。

　いつの間にか、雨もやみ風もやみ、河畔の村は静かになっていました。

　玄奘は皆に見送られて、旅を続ける事になったのです。

　なんという、『般若心経』の偉大な功徳であろうか。

　玄奘は、つくづく、あの老僧が、ただ者ではなかった事に、心を打たれないでは、いられなかったのです。

　そして、天竺に滞在する事10年。


　仏典の研究につとめ、帰国する時がきました。

　再び、あの老僧のいた廃寺を訪ねて行って、ぜひ、お話がしたいと思っていました。

　しかし、その辺りに辿り着いたものの、あの廃寺らしい物は、跡形もなく。

　山の姿も、小川の流れも10年前と、ひとつも変わらず同じ様にあるのに、あの老僧の影さえも感じる事ができなかったのです。

玄奘は、仏様が病める老僧に、身を代えて現われ、
真の仏道を求めて止まぬ玄奘に、尊い『般若心経』を、
与えてくれたのではないかと、疑わずにいられなかったのです。
話し終わると、なんと、人のお子達五人程も加わって、皆、パチパチ。
天道虫くんなんか、羽音ブンブン。トンボ君も、宙返り、バックでスイスイ。
「すごい。すごい」の連発です。

三日目の今日も青空で、よいお天気です。
彼らは皆、おすましして待っています。
「あのね、僕達、寺小屋ごっこしているのね」
ハハハ、そうなんだ、いやー君達えらいよ。
学ぼうとする、その姿勢には感心するよ。それじゃー、寺小屋ごっこ始めるよ。
昨日の話の玄奘法師は、天竺までの往復に六年、研究に10年もかかったそうです。
今は交通の便も良くなって昔とは比べ物にならない程の進歩だよね。この玄奘は、
６０２年誕生し27才で天竺に行き。43才帰国。仏道を学びに行った天竺には、

仏教の開祖といわれる、お釈迦様の残された仏典等が、数多くある訳なのです。
多くの人達が学びに行ったのです。では一体、お釈迦さまって、
どんな教えを説いた人なのでしょうか。ねえ。君達も興味ある？
「ウン、ウン」と皆、頷く。

お釈迦さまは紀元前４６３年４月８日に、今から２４６０年程前に、インド、
ネパール西南部の釈迦族の国の王子として誕生しました。人の老、病、死という、
苦について深く思い悩み、29才で出家して、仏道の修行に励むのですが、
難行、苦行では悟る事は出来ない。苦行の無益さを知った釈迦尊は、
苦行をやめて、菩提樹の下で21日間の坐禅と瞑想の修行にとり組んだのです。
そして、『宇宙の最高の真理』を悟ったのでした。
それが、『摩ー訶ー般若ー波ー羅ー密多ー』なのです。
お釈迦さまは、本名は、ゴータマ・シッダルタといいます。
シャカとは、釈迦族出身を意味します。お釈迦さまの事を、
『釈迦尊』『釈尊』『釈迦牟尼』『シャキャムニ』とも、それは聖者の意味です。

お釈迦さまは、生まれてすぐに右手の人差し指で天を差し、左手で地を差し、『天上天下唯我独尊』という言葉を発した。という有名な話があります。

この事は、自分だけが尊いと言ってるのではない。

他と比べて自分の方が尊いとも、言ってるのでは、決してない。

『人間として生まれてきた。この命そのものが尊い。一人、一人が尊い』のだ。

●頭のよしあしも関係ない。
●人種も性別も差別ない。
●有名かどうかも関係ない。
●地位の高さも関係ない。
●働けず寝たきりであっても関係ない。

皆、平等に尊い目的を持っている。（私達が人間に生まれて来た。本当の意味）
その目的とは『絶対の幸福』になる。
皆だれでも『絶対の幸せになる』を目的に持って、人間として生まれて来た。
『天上天下唯我独尊』の事である。

「ウヒャー。ヤッター」とみんな喜ぶ。
「でも、その幸の字は、ただものじゃないんだよね。確か十の戒を頭に置いて、十の戒の上に、すくーって、立つんだよね」っと、トンボ君。

まったく、その通りだよ。幸の字、よく覚えてたね。『十善戒』が重要なんだね。えらい、えらいよ。だってね『十善戒』を忘れたりして、頭に十を、置いてないと、幸いも辛いになってしまうんだよ。『人間として生まれてきた、一人一人が尊いのだ』と。

幸を目的として皆が『十善戒』を忘れる事なく、そして、生かされてる事に気づく。

でも、ちょっと見て、この生の字よく見たら、ノは神さまからの命。そして過去から現在さらに、未来に向かって『十善戒』をつらぬき通す覚悟で、生まれて来る。といった意味をもつ生なのですよ。

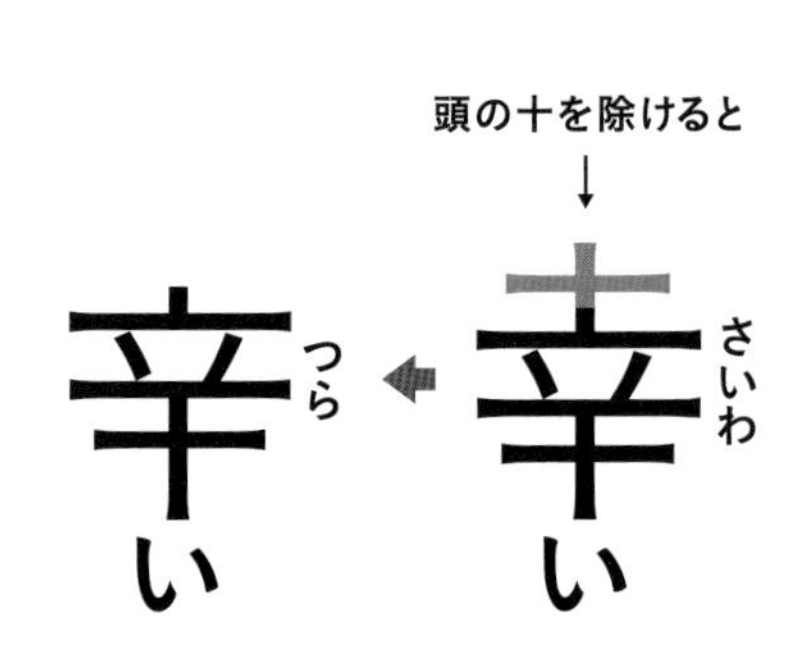

だから、赤ちゃんは尊いのです。
十の戒を、小さな『十善戒』を頭に、ちゃんと、
置いているではありませんか。赤ちゃん。ほらね。

『般若心経』で「マーカー」と発音されたのは、
お釈迦さまです。
もともと梵語の（マハラカ）から来ているのです。（マハラカ）とは、
赤ちゃんのように無力の者ではあるが、その成長ぶりは、
すばらしく速い。色々な智恵が、すごい勢でもってついて来る。
半端ない、超がつく程の未知的生命力。その意味を持つ、
（マハラカ）のマとカを、発音して「マーカー」このマを漢字に、
当てると「摩」。「摩」は木と木がこすり合う。
そして下の手の字が合体して、手と手をこすり合わせて、
ありがたいと感謝を覚える程のすばらしい事。幸福な事。
壮大な。最高な。と訳されたのですよ。

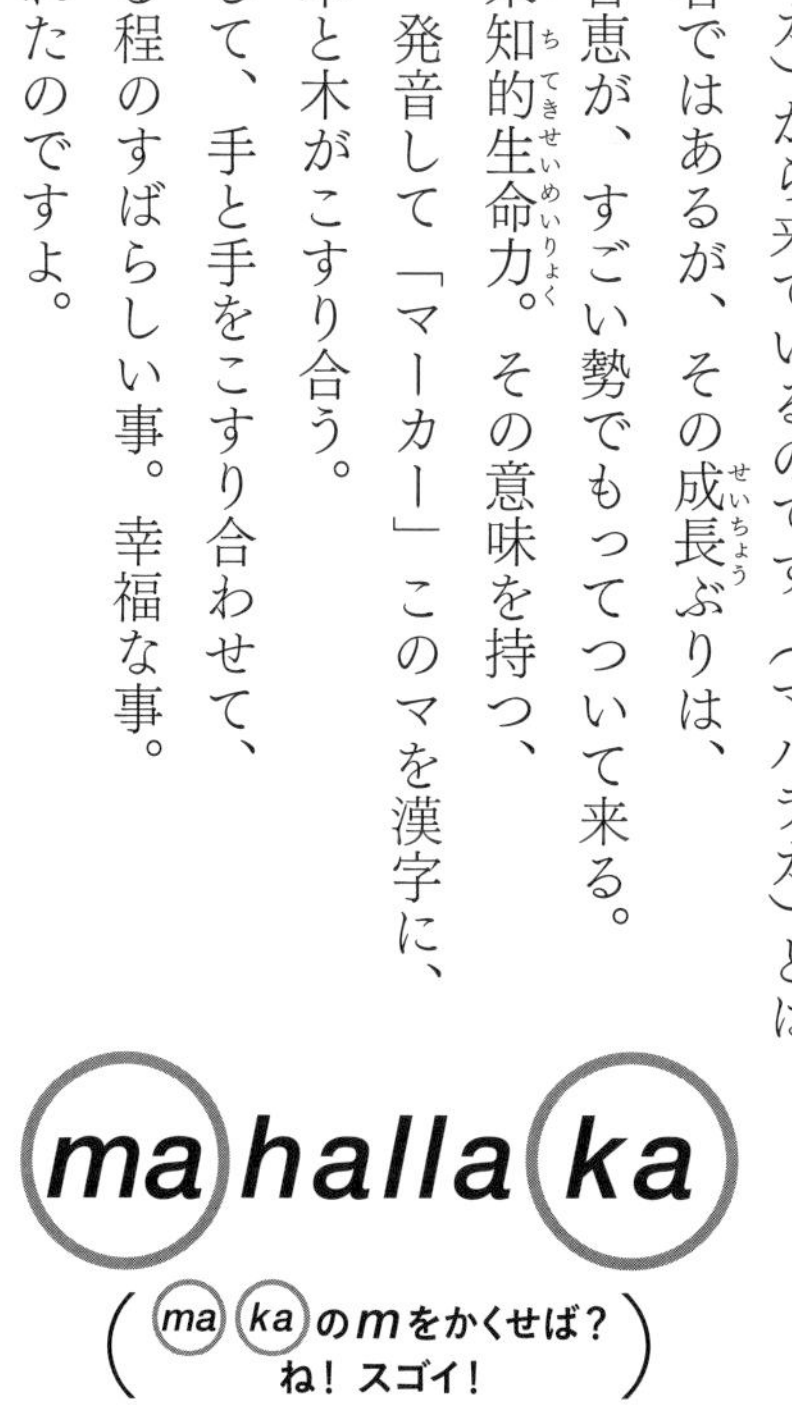

しかも赤ちゃんは、「㋐ー㋐ー㋐ーーンギャ㋐ンギャ㋐ンギャ㋐ー」って、
泣き声の語尾が、㋐音で、『般若心経』の中の、
マ㋐カ㋐ハンニャ㋐ハ㋐ラ㋐ミッタ㋐。
摩ー訶ー般　若ーー波ー羅ー密　多ー。と、唱える語尾が同じ㋐音なんです。
又、「ンギャアー。ンギャアー」の泣き声が、『般若心経』の中の終わり辺りで、
唱えられる『ギャアティギャアティハ㋐ラ㋐ギャアテイハラソウギャアテイ』
　『羯ーー諦。羯ーー諦。波ー羅ー羯ーー諦。波羅僧ー羯ーー諦。』
のところに、そのままではないかと思われる程に、よく似てるんですよ。
あの玄奘が、何もかも忘れて朗々と唱えあげた『般若心経』には、
唱えた者の生命が宿ったごとく魂の叫びとなって、
神さま、仏さま、ご先祖さまに届いたのではないかと思われるのですよ。
マーカー（摩訶）とは、最高。壮大。完全な。
ハンニャ（般若）とは、智恵。
ハラミタ（波羅密多）とは、大宇宙からの多くのすばらしいもの、事に恵まれ、
　　生かされている事に気づき、感謝する。

『摩訶般若波羅密多』とは、
生命の誕生は、ずーっと、ずーっと昔から、変わる事なく、
宇宙からの大胆な魂を命に、宿し、ミクロの世界にまでも、繊細な施しを受けて、
そして遺伝子という、丁寧な創りでもって、智恵をはたらかせる事のできる。と、
いったら、人間しかいないだろう？ 人間は、なんて、すばらしいのだ。
その人間として、生きさせてもらう、それ以上の喜びがあるかい？
感謝せずには、いられないだろう？ いつも自分の心を、その境地に置きなさい。
と、いう事なのです。すると、トンボ君も、天道虫くんも、人のお子さんも、
皆、おめめをまーるくして、キラキラさせて嬉しそう。

赤ちゃんは生まれてくるのに、すごい智恵を働かせて、
自分の頭の骨をずらして迄も、一生懸命。頭の形を変えて迄も、一生懸命。
そして、生まれて来るのです。すごい事です。
母親の方も考えられない様な事、骨盤がゆっくりではあるが自然に大きく、
開いて赤ちゃんが生まれてきやすくなる様に、母も子も信じられない程の、

痛みにも耐えての、母子の壮大な出来事なんです。
母子の間には、二人で頑張らなければ、の固い絆で絶対に強く結ばれている事は、
間違いないのです。そして母は悟るのです。
自分の力だけでは、絶対に成し得ない事を。
神さま。仏さま。ご先祖さまの力があったからこそ、だと。
子供は十月十日程の間、約262日間の期間に、
神さま、仏さま、ご先祖さまから『十善戒』を教わってくるのです。
十月十日の意味です。休まず学ぶのです。
生まれて来て、不幸にならない為です。

実は、男の人には絶対に知る事が出来ないであろうとする、摩訶不思議な事が、
あるのです。第一子を出産後、実家でおっぱいをあげていた時、
今まで経験した事のない、愛しい？　何がかが解らない？　水なのか？
いや宇宙？　いやアクア？　はっきりしないものが、それも悲しい程に、
切ない程に感じるのです。それが後になり、その事が何であるかが解ったのです。

それは、慈悲にも似た慈愛だと。心の底から湧いて来る様な、そのものが慈愛なんだ。と、この事は、仏さまの教えそのものなんです。仏さまが衆生を愛するがごとく。衆生に対して苦を除き。楽を与えようとする心。母が子に対して思う心、命懸けで守ろうとする。そのものなんです。可愛と感じる心。愛が可能にするという慈愛の事なんです。

この愛という字を説明するとね。

神さま、仏さま、ご先祖さまの菩提心を、自分の菩提心に受け取る事だけど、片手だけでいいや。というのではなく、両手で、ありがたいと感じる感謝の念を、意を持って受け取る程の、壮大なものの事なのです。

母と子の凄まじい努力の上の賜物が愛。この慈愛こそ、この慈愛こそ、『摩訶般若波羅密多』そのもの。不変不滅なのです。

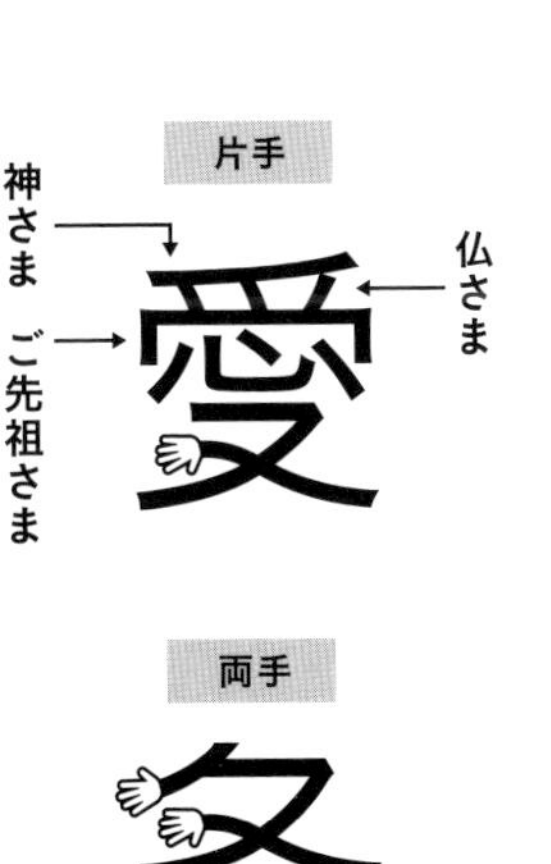

不意に、敬礼したままの兵隊さんが、
「その通りだよ。母子の愛は無償の愛なんです。僕は飛んでいて、羽根が攻撃を、受け操縦不能となり急降下真っ只中。もう終わりと感じた時とっさに、『おかあさーん。おかあさーん。ありがとうお母さあん』て叫んでいたんだ。涙で何も見えない中、母が微笑んでいたんだ」そう言うと、この兵隊さんは、眼に、いっぱい涙をうかべて、微笑みながら消えていきました。

本当に戦争は残酷です。

又、聞いた他の兵隊さんのお話です。戦争に駆り立てられ特攻隊に志願し、兵隊さんになったのです。日本を飛びたつ前に、戦友でピアノを勉強してた者と、二人で最後にピアノを演奏したいね。と言い出し近所の小学校のピアノを、借りる事ができ演奏したのです。『ベートヴェンの月光の曲』を。

近所の子供達が、その調べに引き寄せられるかの様に、集まって来て、皆、聞き入っていました。演奏が終わると皆、拍手喝采。兵隊さんは、子供達を前に、その中の一人の子供の頭をなでながら「僕達は、明日の朝、飛び立ちます。僕達は君達に、この国を残す為、死にます」と言ったのです。ふるえる口びるで。

この兵隊さんは、十善戒が、幸に結びついている事を疑う事は、なかったのではないか。この兵隊さんの母親も、必至に息子を生んで、大事に育て、その中で「人を殺してまでも、生きよ」とは、その様な事を教えた事は、決してなかったのでしょう。

翌朝、一機の飛行機が、校庭の上空を2、3回旋回して、果てしない空へと……消えて行きました。

ある時、毎朝のおつとめの中、戦没者供養の最中、「肌の色が違ってもいいじゃないか。こっちに来て、一緒におあがり」と、私の尊敬する信章先生が「空」を見て、言ってた事を思い出しました。合掌。

4日目となります。

皆、集合。昨日は、お釈迦さまのお話をしたり、ちょっと難しい話をしたけど。今日は、あの、ダルマ大師のお話を用意して来ましたよ。

「アッ。無功徳の人だ」と天道虫くん。私は、グーサインを送る。

「ずーっと、昔の事なんだよね」とトンボ君も。

そう。紀元前486年にお釈迦さまは入滅されました。それから836年位後、
ダルマ大師は、西暦453年に南インドの香至国の第三皇子として誕生です。
子供の頃は、菩提多羅という名前で呼ばれていました。その菩提多羅が7才の時、
この香至国の宮中に、菩提多羅の父でもある国王が、ある高僧を招いたのです。
この高僧はあの仏教の開祖である、お釈迦さまの法を受け継いで27代目となる、
般若多羅という高僧でした。この高僧に尊い仏教の教えを説いていただいたので、
国王は、お礼に高価な宝珠を贈りました。すると、般若多羅は皇子達に、
「国王から頂いた、この宝珠は、高価なもので、誠にすばらしいものです。
この世にはこの宝珠以上の宝は、果たしてあるものでしょうか？」と尋ねました。
すると、菩提多羅は、この様に言いました。
「確かに、この宝珠はすばらしい宝です。しかし、何が最高の宝かといえば、
正しい教えこそが、最高の宝ではないでしょうか。
この宝珠もすばらしい輝きを放ちますが、智恵の光こそが最も、
すばらしい輝きを放つものと思います」
この立派な答えに感心した般若多羅は、7才の菩提多羅に出家を提案しました。

国王も、よく考えた末、この高僧、般若多羅の元で修行する道、いわゆる出家を承諾したのでした。そうこうしている中に、急に病気で国王が亡くなられてしまったのです。

菩提多羅は、すごく悲しみました。

国王である、お父さんが死んだのだが、極楽へ、無事、行けたであろうか。と心配し、７日間、坐禅し瞑想しました。はっきり解らない迄も、自分には、仏道を学ばなければならないという心が、あることを悟ったのです。

そして菩提多羅、７才の時（４６０年）般若多羅より、「菩提達磨」という名前を頂き、出家の道を歩む事となったのです。

そしてその修行する中にある事に気がついたのです。修行している殆どの人が、お釈迦さまが悟りを得て教えとなったものを、教典にまとめてその仏法を、知識として、会得する事に励んで修行しているが、それならお釈迦さまは一体、どうやって教えとなる悟りを得たのだろうか。そこに、着眼したのでした。

そして、お釈迦さまは、いつも菩提樹の樹の下で坐禅（瞑想）して、悟りを会得したのではないかと考えたのです。

菩提達磨は、自分も坐禅（瞑想）の修行に、いわゆる実践の修行に励み、知識ではなく、智恵で悟りを得る事に、取り組もうと決意したのです。

それからというもの、壁に向かっての厳しい修行に励んだのです。

坐禅の修行僧となった菩提達磨は、ついに、悟りを得たのでした。

菩提達磨が7才で出家し40年の月日が流れていました。

師匠である般若多羅は、ある日菩提達磨を呼んだのです。そして、

「お前は、もう私らと同じ、お釈迦さまの弟子と認められたぞ、釈尊正伝の第28代目を継承した事となったぞ」といわれたのです。

さらに、これからの事を告げるのでした。

「よいかよく聞けよ。今お前は47才と聞いたが、後20年位はこのインドで、布教に努める事。そして67才位になったら、中国に渡り仏教を伝える事とせよ。まっ、その頃は私も１００才を超えているだろうし、この世には、いないだろう」

不思議な事に、お告げ通り、般若多羅は１００才を超えた頃亡くなったのです。

菩提達磨64才でした。おそらく、般若多羅には、菩提達磨の行く末が見えていたのであろう。

菩提達磨は般若多羅のいわれた通り、今、インドを発てば3年後、67才に中国に着くと判断し、64才、517年にインドを発ったのです。

そして520年、67才の時、中国の広州に着きました。

その当時、中国は梁の時代で皇帝は、あの武帝です。武帝56才の時です。

この武帝は、皇帝菩薩といわれる程、仏教を奉じていたという皇帝だったのです。

でも、君達も覚えていた。あの『無功徳』の話ですよ。梁の武帝は、菩提達磨との問答で、徳の意味が理解できなかったのです。

菩提達磨は、ここに19日間程いたのですが「機が末だ熟せず」と言って、一人、小舟に乗って揚子江を北へ北へと進んだのでした。そして北魏の国の洛陽に着くと、さらに、その南東にある嵩山少林寺へと向かったのです。

そして嵩山少林寺に着きました。武術で有名な、あの少林寺拳法の少林寺です。

「ワォーッ・ンチャー」私の頭の中で、ブルース・リーの『燃えよ、ドラゴン』のテーマ曲が鳴り響いています。ちょっと余談をゴメン。しかし、このブルース・リーは『空』を学んでいるのです。又、ブルース・リー原案の精神調和の為の、少林寺の僧の禅問答など描かれた『燃えよ！カンフー』等、ちょっと必見！かも。

菩提達磨は尚も9年間この少林寺の裏山で、千段もの石段を登ったところにある、小さな洞窟の中の壁に向かって、坐禅の修行に励んだのです。

しかし、修行中に、手、足がとけていったそうです。そういった菩提達磨は、心ない人達から、石を投げられたりして傷つけられた事等、しばしばあった、という話もあります。それでも修行に、布教に励みました。

そんな菩提達磨に、その時の皇帝である、孝明帝から、大師号が「達磨大師」という称号が、贈られたのでした。

中国の禅宗の基礎を築いたという偉業を讃えての事からです。そして、ここから、中国の禅宗の始祖、「達磨大師」と呼ばれる様になったのです。

達磨大師の教えに、
調食（適度な食事）。調眠（適度の睡眠）。調身（身体を調える）。

調息（呼吸を調える）。調心（心を調える）。これらの『調五事』でもって、戒律を保ち、正しい生活をする事。とあります。この事は『徳』の話なのです。

しかし病は尚も酷くなって来て、回りの者達が何かこの病に、効く薬はないものかと、色々薬草など煎じて飲ませてくれたりしたのです。

しかし、残念な事に治療の甲斐も無く、亡くなってしまったのです。
　達磨大師、75才でした。
噂では、毒をもられたのでは？　毒で殺された。等、悲しい話になったのです。が、
薬草にしたって薬にも、毒にもなるといったところの物です。
自分の世話をしてくれた者達が疑われない様、見舞も断っていたとの話も。
「ねえ玄奘法師がライ病のような病におかされているみたいで、手はふくれて、
耳も、ただれてるっていってた老僧だけど」と、トンボ君。
「そうそう病める老僧に、仏さまが身を代えて、なんていってた」と天道虫くん。
そうなのよ。実は、私も、この病める老僧は？　と言った途端。エッ？　エエー。
バッサバサバサバサ！バサー！って、すごい大きな羽音と共に、大きな鳥が、エー、
鷲？　わし？　と聞くと、
「イイヤ。わしゃわしじゃねえよ。わしゃ、アーまぎらわしいか。いや、鷹じゃ。
いやね、今ここに来て、おめえさん達に話してやれってよ。この鷹のじいさんより、
ずーっとずーっと昔のご先祖さんに言われちゃってよ。来ちゃったんだけど、よ」
「ハイ。お願いします」って、皆えらいなー。

「実は、ダルマ大師が死んだのはよ。少林寺の裏山にある初祖庵というところじゃ、
それでな、ダルマ大師がいつも修行に励んでいた洞窟というのが、そこから何と、
千段もの石段を登ったところにあるっていうからよ。大したもんじゃよな。
それで、死んだダルマ大師は、霊になっちゃってよ洞窟まで来てみたんじゃよ。
だがな、まだ上の方に登れそうだと感じ、登ったんじゃー。
そしてそこで、何と、わしのじっちゃま、
ご先祖さんに会っちまったという訳なんじゃよ。
ところがよ、わしのご先祖さん、何を思ったか、
急に自分の爪を一本ずつ、一本ずつ、岩石にぶつけて折り始めたんじゃ、
っていうから、びっくりするじゃねーかよな。な。
痛そうだろう。いてーってもんじゃねえよ。
それでよ、ぜーんぶ折っちまったんじゃー。いやー。ぶったまげたねえ、
ダルマ大師も、びっくりだよな。な。しかもよ。それだけじゃねえんだよ。
今度は羽根だよ。羽根という羽根ぜーんぶ、ブッハッハッハッハーアーア。
くちばしで抜き取ったんじゃってよ。羽だけに、ハハハー笑っちゃうよな。

おまけに、最後。そのくちばしをだ。その岩石に何度も何度もぶつけて、
折ってしまったんじゃよ。正気の沙汰とは思えねえよな。まったく。
その一部始終を見ていたダルマ大師はよ、開いた口も塞がらねえ。
あったりめえだよな『お前は、一体何をしているのだ』って聞いて来た。
すると、ご先祖さんはよ。」……「説明を始めたんだ。んんん。」と咳払い。
エッ？何か急に言い方が変わった？鷹のおじいさんのご先祖さんに入れ替わり？
「やっぱ、ちょっと、キャラこすぎたんじゃねえのかよ」と、トンボ君。
「ちょっと、役どころ、ちごうたかも、しれまへんなー」と天道虫くん。
あんたらも、なんかへん。アラ、やっぱり鷹のご先祖さんと入れ替わったのね。
自分達鷹は、寿命が35才位で、第一の寿命が終わる。鷹の半分は、
この最初の寿命で死んでいく。つまり35才で、爪も弱くなり、羽根も限界となり、
嘴も弱くなる。こうなると死を感じ出すんだよ。35才で限界を悟ったもんは、
今まで自分が棲んでいた所より、はるかに高い、そう、ここの様に高い所に、
ここなら敵に狙われる事はないだろうと思う所に来るんだよ。そしてこんな風に、
今迄の古くなった爪。羽根。嘴を全部、潔く取ってしまい無くしてしまう。

勿論、餌は取れず、やせ細ったりするが、我慢、ただ、ひたすら我慢するのだ。

そして、新しい爪、羽根、嘴が生えて来る迄、待つんだ。

新しい爪、羽根、嘴を得た鷹は、35才の倍70才まで生きるのだよ。

「アッ。倍返し」

「ちがうって」

誰かに教わった訳でもない。自然に感じるんだよ。

それを聞いたダルマ大師は、悟りを得たと言わんばかりに。

「私も75才迄生きて来た。そして、今、死を迎えた。私も、お前のように75才の倍、
150才まで、生きてみたくなった」

「やっぱり倍返し」

「だから、ちがうって」

「私も今までの積んできた功徳全部、潔く捨てた。空にした。名前も捨てた。

テルグ語を話すからテルグでよい。自分は『テルグ』だ。

鷹のお前の再生が完了したら、お前の翼の内に、このテルグを棲まわせてくれ、
お前と一心同体となり、旅をする事を覚悟してくれ。お前と共に飛ぶ。よいか」

テルグの鋭い眼光は、鷹の眼光鋭いものと一致したかのように、まさに、鷹とテルグの一心同体を感じた瞬間だったのだ。自分と、テルグだ。テルグとお釈迦さまとの以心伝心は、すでにありで、「天竺に」との言葉。天竺に行く事が、もう決まってたのだ。

それから、時も経ち、自分の爪も羽根も、嘴も全部、新しい強い、より良いものに生え変わった。

「飛ぶぞ。よいか」とテルグは、待ち切れない気持ち見え見え。

一心同体となった鷹という自分の中から発する声は、同じく、テルグが発する声と共に、力が倍増するような不思議感はある。いよいよだ。テルグ、いくぞ。飛ぶぞ。青空高く、翼広げ飛び立った。

天竺に着くと、沙羅双樹の下で、感動の出会いだ。お釈迦様に会ったのだ。

テルグは、お釈迦さまから伝言を受けた。

「まず日本に行き聖徳太子という者に、『十面観世音菩薩像』と『馬頭観音像』を刻み、釈迦牟尼と共に和を願うように。

そして、次に中国に戻り、玄奘という者に、この『神僧伝授の梵語の般若心経の経本』を渡し、しっかり発音し伝授する事。
よいか以上の事。以心伝心の実践の時ぞ」と言って消えたんだ。
テルグの懐には、ウスバ・カゲロウの様な、教典？　巻き物？が、納められていた。

そして、いよいよ日本へと飛び立った。

日本に着くと、テルグは今まで見た事もない、聞いた事もない異国の言葉に、
興味を覚えた。そして九州、四国と先に行って見る事にした。
山岳の松に棲む鷹と自分とは交信できる。それで、色々と情報が得られるのだ。
ある時、九州の豊後の国の山のふもと辺りにある五所神社の松の一樹にとまり、
テルグに話しかけている時に、自分らの事が見えているのか？
じーっと見てる女の子がいたんだよ。そして聞くんだよ。
「てんぐ？　てんぐ？　てんぐさんなの？」ってね。それでその子に何となく、
「飛ぶかい？」って聞いたらニコッて笑ったんで、海上を一緒に、
自分とテルグと、その女の子で「これぞ三位一体」で飛んだ。

女の子は、とても喜んでたよ。
自分達もだけどね。自分の一生、いや二生？の中で一度切りだ。
そしてね、この子から興味深い話を聞いてね。その子は、こう言うんだよ。
「この裏山に四百段の石段があるの。そこを登ってゆくと、シャカニム？　ん？
シャクマだ。シャクマにお堂があって、そこに黒いお馬ちゃんがいるって。
行ってみたら、たくさんの人が、お参りに来てたの。その人達の足の間から、
見たんだけど、黒いお馬ちゃんがいたよ。その黒いお馬ちゃんが、私に言ったの。
　聖徳太子が25才位の時に、乗せて富士山まで天翔した。聖徳太子39才の今、
又乗せて、ここ迄天翔した。で、今から聖徳太子を乗せて奈良まで天翔戻り、
次は、滋賀の方に、ここによく似た所がある。三百段の石段のふもとに、
六所神社がある所だって。『馬の耳にね、シャカムニからのお告げ』なんだって」
　それを聞いたテルグは、自分と目配せし「機は熟した様だ」とサインを送る。
「テルグ行くか？　テルグ行こう。テルグ行くぞ」と言うと、
自分の言っている「テルグ。テルグ」が聞こえている者達がいるみたいで、
「オイ。さっきから、テルグ、テルグ、テルグって声が聞こえるが、お前は？

「ウン。俺にも時々、天からの言葉だろうか？　テングってな」
そこで、他の鷹が、頂度、そんな自分達を見かけた事があったと、
「いやねー、あの時は鷹のお前だけでもなく、人でもない、
何か、わからんが、神々しいものに見えたんだ。
真っ赤な夕日を受け、髪もひげも、翼も金色に輝き。褐色の顔は赤く光り輝き、
鼻は鷹の嘴と重り、大きく高く突き出た様で、眼光鋭き様子は、
実際ただものではない感ありだ。神の声の様に句が聞こえる。お前の鳴き声、
『カア。キャウン。カウン』等が混ざり天からの句。
天句に、犬の鳴き声にも似たというところから犭をつけ狗。いわゆる天狗。
天狗の存在となる訳よ。その天狗を見ただけで、力、勇気がもらえる。
ありがたい天狗と。噂が噂を呼び、天狗の闊歩する様を想像したりの噂も。
大きな翼で空を飛ぶ天狗も、足元見れば木に止まる爪にも、
それが仏具の三鈷杵にも似て、魔をうち砕く、困難や煩悩を振り払う法具にも、
似ているところから、鈷鷹の印を結ぶ天狗と敬われる様になった」と、
天狗になった経緯もしっかり解ったんだ。

テルグと自分は、いよいよ聖徳太子のいる奈良、明日香村へ飛んだ。
聖徳太子39才の頃に着いた。テルグは聖徳太子についての情報を耳にし話し出す。
聖徳太子は、574年2月7日に誕生し、皇族。政治家であるらしい。
父である用明天皇が亡くなった後、叔母の推古天皇の元で摂政として活躍。
十七条の憲法や。冠位十二階の制定。遣隋使の派遣。法隆寺の建立。仏教布教の、
活動など色々な事に取り組み、愛民治国の政治家。という事がよくわかった。
この聖徳太子のことばで、

■「和をもって尊しとなす」が有名なのだ。

　この事は、（和は何よりも大切なものとし、諍いを起こさぬ事を根本とすべし。
　　　　　上の者も下の者も協調、親睦の気持ちをもって論議し成就する事）

■「悪をこらしめて善をすすめる」

　この事は、（人の善行は、隠す事なく広め、悪行を知れば必ず正す）

■「事柄の大小にかかわらず、適任の人を得られれば必ず治まる」

この事は、（時代の動きの緩急に関係なく、賢者が出れば、
　　　豊かな世の中になる。従って国家は長く命脈を保つ事になる）

■「真心は人の道の根本である」等。聖徳太子は、聡明で聖人の智恵をもち、十人もの訴えを一度に聞き分ける事もできたそうだ。この事は、様々な立場の人の意見に幅広く、耳を傾けたという事になるのだ。

聖徳太子は（皇女）母親が宮中を散歩中、急に出産する事に。頂度、出産部屋の前が厩戸だった為、別命「厩戸豊聡耳皇子」ともいわれていた。

お釈迦さまが入滅されて約９６０年経った頃、頂度、仏涅槃の日の2月15日、夜明け前に、目覚めた2才の太子は、東の方に向かって、小さな手を合わせ、「南無仏、南無仏」と唱えたらしい。と話し終えたテルグは聖徳太子に感心した。

突然、鷹の自分の元からテルグが消えた。そこで鷹の目で聖徳太子を追った。

その聖徳太子が40才になった頃の話なのだ。

馬で大阪の方へ視察に行った帰り、奈良県の片岡山を通っていた時、道端にボロボロの布をまとった老人が、倒れていた。

聖徳太子は声をかけたが、その老人はひどく弱っている様子だった。そこで、食べ物と、自分が着ていた紫色の衣をかけてあげたんだ。すると急に、片言で、老人は話してきた。「アラゲ、ゴチソウ、ダンニャヴァード」と、アラゲはテルグ語で、はい。ごちそうは、日本語のごちそう。テルグ語で、「ありがとう」がないので、ヒンディー語で「ダンニャヴァード」つまり、この老人は「アァ、ご馳走、ありがとう」と言ったのだ。しかし、聖徳太子は「アラゲゴチソウダンニャヴァード」をアラゲゴで切って、アラゴ、アタゴに聞こえ「チソウダンニャヴァード」がチソウダイボサツ、ヂゾウダイボサツ、と聞こえ「愛宕地蔵大菩薩」と受け取った様なのだ。

聖徳太子に、この老人は、さらに「釈迦牟尼より『十面観世音菩薩像』と、『馬頭観音像』を刻み、和を願うように」と言った。言った途端ぐったりして、倒れ込み、もう何も言う事も出来ない程の様子であった。又、この時老人の、「釈迦牟尼」を「しゃくむに」結局「しゃくまに」と記憶した聖徳太子なのだ。

次の日、又もやあの老人が気になり来てみると、老人はすでに、亡くなられていたんだ。聖徳太子はこの老人を憐れに思い、埋葬し墓をたてたが、数日後、やはり気になって来てみたのだった。すると、かけてあげたはずの紫色の衣が、きれいに、たたんで置いてあったのだ。

聖徳太子はハッとし、もしやと思い墓を開けてみると、遺体はなくなっていた。

聖徳太子は、その紫色の衣を又、自分にまとい、馬に乗ったのだ。
乗った瞬間、どうした事か、馬は急に走り出してしまったのだ。
走って、走って、気が付くと、滋賀の方にやって来ていた。馬は、
ある山のふもと迄来ると止まり、なぜか今度は止まったまま動こうとしない。
止まった所に松の樹があったので、馬をその松の樹に結わえたのだ。
すると、聖徳太子は、不思議な感覚で裏山へと導かれる様に登っていった。
見ると先に、三百段の石段が目に入った。その石段を登ると、
御堂をみつけたんだよ。不意に、あの老人の言った事を思い出していた。
確か『十面観世音菩薩』を刻む様にと、見ると、その御堂の前に木片があった。
その一本で刻み始めた。どの位、時がたったであろうか。
刻み終えた聖徳太子は、馬が気になったので、急いで降りてみると、
どうした事か、馬が石になり、側にあった池に、何と、沈んでいたのだよ。
聖徳太子は、ひどく嘆き悲しんだ。だが、またもや思い出していたのだ。
三百段の石段を駆け上がり『馬頭観音像』を刻んだのだった。
そして、日も暮れ始めた中、石段を降りた所の六所神社に立ち寄り、話し始めた。

「上の御堂を『石馬尼』として、自分が今、刻んできた『十面観世音菩薩像』と、
一体となる『馬頭観音像』を供養していって欲しい」と頼んだ。
実は聖徳太子16才の頃、崇仏派の蘇我馬子と排仏派の物部守屋との対立で、
戦いが始まった。自分は、父である用明天皇の命令とはいえ戦いに加わり、
殺生した事などを振り返り反省していた。多くの命を無にした事を思い出し、
十の戒の事は『十面観世音菩薩』で表現した。
そしてその戦いの時に、自分を守り助けてくれた愛馬も含め『馬頭観音』を、
全ての事に対して詫びる一念で刻んだのだった。
それが『十一面観世音菩薩』なのだ。つまり『十面観世音菩薩像』の後に後向き、
『馬頭観音像』を、刻んだのだ。それが『十一面観世音菩薩像』なのだ。
『十面観世音菩薩』の方は、十善戒を意味する。十善戒の仏様。

■ 頭部左に（三面）— 「邪悪を戒め」「瞋怒面」怒りの表情でもって、仏道へ導く。

■ 頭部右に（三面）
行いの良い人を励まし、「狗牙上出面」でもって、仏道へ導く。

■ 頭部正面に（三面）
穏やかな「菩薩面」慈悲の表情でもって仏道へと導く。

■ 頭上頭頂部に（一面）
究極的な理想の悟り、「仏頂面」の表情で仏道へ導く。

ここまでの表の十面は、十善戒の仏さまを表す。マ（馬）ーカーの世界の皆、衆生に向けて、十善戒を頭に置いて生きる。マ違った生き方をしない様に。

■ 裏の後向き（馬頭観音）
悪。人の悪。悪魔を「暴悪大笑面」でもって「笑い滅する」

表を馬と呼び、衆生の世界、マーカー。馬訶。その反対が、つまり裏が馬訶。裏を馬と呼び、人の悪。悪。悪魔。そのものを馬訶といい、悪への怒りが、悪人、悪魔などへの怒りが極まるあまり、暴悪大笑面でもって、「笑い滅する」バカ『馬訶を払うぞー。』又、ヤロウは、払う。の意味がある為、「バカヤロウ」「バカを払うぞ。いたいけな子に何するか。バカヤロウ。全てお見通しだ」

しかし光陰矢の如しだ。そうこうしている中に、
天狗、テルグも。鷹、自分自身も。第二の寿命の限界を感じ始めてたんだ。
そして、中国に戻る事になった。

海を渡り、中国に入った。自分の眼は良好だ。ずーっと向こうの松の鷹に、
呼ばれているのがすぐ解った。テルグも解ったらしく、
「そうだ、そうだ、そこだ」と言った。
そこは長安の大慈恩寺にある松の樹だ。その近くに止まった。一人の若い僧が、
歩いて来てその松の樹に、何か別れの言葉をかけているところだ。
「千代に、八千代に、繁り栄えてくれよ」と、そこへ「玄奘さん」「玄奘さん、
私達も」と何人もの弟子達が駆け寄って来た。テルグと目配せし以心伝心だ。と、
「やっぱり、あそこの千代に八千代の所だよ」と天道虫くん。
「そうだよね。玄奘さんとダルマさんは、あの廃寺で会うね」と、トンボ君。
急に我に帰った様に、鷹のおじいさん、
「じゃ、わしゃ、帰るわ」言うや否や、「カウン」の鳴き声と共に消えちゃった。

後に残った、白い小さい煙の弾けた「パウン」の音と共に、
一本の鷹の羽根が舞い落ちて来た……が、消えた。
エッ？　魔法？　ねえって後、振り返ってみると、
だーれもいないの。エーッ、皆、どうしちゃったのー？
何も無かったかのように、周り、シーンと静まり返っている。
思い起こせば、全部すべてが、セピア色に包まれていた様な。

只、私の手の中に、
お守り代わりの小さな、天道虫とトンボのマスコット人形が。
27才で、この世を去った弟（和尚さん）の、唯一の私への贈り物が……。

玄奘三蔵法師のことにつきましては、大山澄太先生の『般若心経の話』に基づき執筆しておりますことを附記いたします。

『般若心経の話』（大山澄太・著　１９７２年10月10日第一刷発行　潮文社）

君は、ちっとも悪くないよ

2025年1月23日　第1刷発行

著　者　松沢（まつざわ）ともみ

発行者　太田宏司郎
発行所　株式会社パレード
　大阪本社　〒530-0021　大阪府大阪市北区浮田1-1-8
　　　　　　TEL 06-6485-0766　FAX 06-6485-0767
　東京支社　〒151-0051　東京都渋谷区千駄ヶ谷2-10-7
　　　　　　TEL 03-5413-3285　FAX 03-5413-3286
　https://books.parade.co.jp
発売元　株式会社星雲社（共同出版社・流通責任出版社）
　　　　　　〒112-0005　東京都文京区水道1-3-30
　　　　　　TEL 03-3868-3275　FAX 03-3868-6588
装　幀　河野あきみ（PARADE Inc.）
印刷所　創栄図書印刷株式会社

ISBN 978-4-434-34787-0　C0015